Daniela D'Errico

# Homúnculos Lúdicos

Porto de Idéias EDITORA

São Paulo, 2015

**Homúnculos Lúdicos**
Daniela D'Errico

**Editor**
Sebastião Haroldo de Freitas Corrêa Porto

**Coordenação Editorial**
Silvana Pereira de Oliveira

**Projeto Gráfico**
Otávio Silva

**Ilustração da Capa**
Renato de Paula Lucato

**Dados Internacionais de Catalogação na Publicação (CIP)**
**(Câmara Brasileira do Livro, SP, Brasil)**

D`Errico, Daniela
Homúnculos lúdicos / Daniela D`Errico. --
1. ed. -- São Paulo : Porto de Idéias, 2015.

1. Poesia brasileira I. Título.

15-00854 CDD-869.91

**Índices para catálogo sistemático:**
1. Poesia : Literatura brasileira 869.91


EDITORA PORTO DE IDÉIAS LTDA.
Rua Perdões, 101 – Aclimação
São Paulo – SP – 01529.030
Fone (11) 3884-3814
portodeideias@portodeideias.com.br
www.portodeideias.com.br

"E que tal se os bisnetos dos niilistas já tivessem saído há tempo das empoeiradas lojas de artigos religiosos que chamamos de nossas visões de mundo? Se tivessem deixado os depósitos já meio vazios dos valores e das transcendências, do útil e do necessário, do genuíno e do correto, a fim de retornar às trilhas de caça, na selva, lá onde não podemos vê-los mais, muito menos alcançá-los? Que tal se para eles Bíblia, Constituição e Código Penal não tivessem mais validade na condição de manual e livro de regras para um jogo coletivo? Se eles entendessem política, amor e economia simplesmente como competição? Se 'o bom' para eles fosse nada mais do que eficiência máxima sob mínimo risco de perda e 'o mau', ao contrário, nada mais do que um resultado subótimo? Se não entendêssemos mais suas razões, por que elas já não existem?

Donde haveríamos de tirar então o direito de julgar, de condenar, e, sobretudo – a quem? O perdedor do jogo – ou o vencedor? O juiz teria então de se tornar árbitro. A cada tentativa de aplicar o aprendido e traduzir lei em justiça, ele se tornaria culpado do último pecado mortal que ainda restou: a hipocrisia."

Juli Zeh

# SUMÁRIO

# Arabesco Fatal

A morte é um tópico que está sempre em nossa mente nas várias etapas de nossa vida. Há momentos em que fugimos dela. Chegamos a acreditar que ela não pode nos tocar – e damos espaço à imprudência. Em outros momentos, nos dedicamos a entendê-la.

O triste nisso tudo? Só nos dedicamos a um tipo de morte, àquela que nos tira o fôlego e cessa os batimentos. Mas nós morremos várias vezes ao longo de nossa existência. A cada impacto, por menor que seja, nossa essência é dizimada. Por vezes um simples verso é capaz de mudá-la completamente. Todos são capazes de notar essas inúmeras mortes, mesmo que inconscientemente. Alguns chamam de "novo começo", metamorfose, renovação... Sem ao menos perceberem que com isso mataram "aquele" que antes eram; sem perceberem que tal "metamorfose" é capaz de matar outro alguém.

De fato, muitas vezes precisamos dessas inúmeras mortes para não enlouquecer ou evitar se afogar de vez num mar de insanidades indestrutíveis.

O que me intriga é por que essas mortes são pouco discutidas, estudadas ou analisadas. Acontecem todos os dias, várias vezes ao longo deste, deixando assassinatos e grandes rastros de destruição.

Eu morri hoje. Fui assassinada algumas vezes esta semana; alguns deles causados por mortes extremamente dolorosas.

Eu continuo a ver muitas pessoas morrerem no decorrer do mesmo segundo. Não lamento. A morte é necessária, toda espécie de transição tem sua utilidade.

A morte física, a ausência do ser, sempre nos causa impactos incalculáveis em períodos que somos incapazes de medir. Essas mortes diárias possuem o mesmo efeito, mesma consequência, causam igualmente mudanças incalculáveis, porém seu luto nunca dura mais de poucos segundos, se é que ele existe.

Certo suspiro final (e sempre imprevisível) é o que mais me destrói. Ser assassinada, neste caso, costuma ser uma dádiva – uma agonia tão doce que sou capaz de buscá-la; buscar pela minha própria morte, quando se trata de morrer em suas mãos.

Continue a me dilacerar, eu não me importo. Vejo-o cometer suicídio várias vezes; já afetou a muitos (que na verdade sequer o sentiram). Mas, quando tua respiração cessa, meu sangue para de pulsar, voltando a correr em minhas veias com um único suspiro seu, me renascendo em outro ser.

Eu gosto de morrer e, em certos casos, assistir algumas transformações mais bruscas chega a ser teatral, de tamanha magnificência.

Só hoje assisti diversas mortes e, até o sol se pôr, verei tantas outras...

Quantas mortes você é capaz de ver?

# Violino

Cada som de suas cordas,
Cada toque que cria as notas,
Segundo por segundo,
Compasso por compasso.

O feitiço foi criado,
Não há mais volta.
Insanidade é o que me resta.
Uma obsessão um tanto quanto compreensível.

Com um conjunto de notas,
Tomou minha mente,
Dominou meus pensamentos.

E, sem nenhum pudor,
Cá estou,
Esperando teu calor.

## Admirar, Agonizar

Por ser avessa em quase tudo,
Não poderia ser assim tão diferente.
Uma decepção
Tende a aniquilar admiração.

Admiração.
Sentimento positivo, pouco explorado,
Que na minha mente significa muito.
Talvez mais que um mundo.

Não admiro atos,
Não admiro passos
Nem posses.
Admiro índole.
Admiro alma.

Essências de um ser
Não somem assim simplesmente
Nem por momentos, nem por ocasião.

Verdades se revelam,
Mas não apagam suas bases, seu ser.
Não mudaram a forma
Como um dia olhei para você.

# Vela Vermelha

O fogo queima este pequeno fio,
Derrete aos poucos sua cera.
Ilumina de forma sutil,
Dá vida e calor à escuridão.

Parece mais bela quando se desgasta
Do que a imaturidade da primeira vez que foi acesa.

Nesta vela vermelha,
Posso ver meu sangue.
E esta luz queima minhas veias,
Consumindo todo o meu ser.
Vejo-me desintegrar
E, a cada momento,
Quero mais dessa chama vivendo em mim.

# Amarguras

De fato não sei
Se uma alma como a minha
Sobreviverá muito mais
Neste mundo doente.
Acredito que se em mim não houvesse
Esse lado infantil,
De esperanças românticas,
Tudo em mim seria amargura.
De uma mente corroída
Por angústias profundas,
Verdades desmentidas
E confianças supérfluas
Que escondem monstros
No rosto de anjos.
Que matam anjos,
Anjos que agora vivem se escondendo,
Incorporando máscaras de rancor.

# Suor e Tabaco

Esse cheiro assassino vai sempre me lembrar você.
A cada cigarro, lembro do teu gosto
E sinto a nostalgia de dias
Que na verdade não são sequer um pouco distantes,
Mas que já não fazem parte da nossa realidade,
Se é que aqueles dias foram nossos.

O que sei é que tua presença
Foi a surpresa agradável que tanto faltava,
Foi a força que eu precisava.
E não sei que efeito tive em seus dias,
Se de fato fiz parte de tuas noites
Ou se havia algo além de nós em seus pensamentos
Enquanto eu dormia no seu peito.

Se não fui motivo de tuas alegrias,
Espero ter ao menos sido a muleta
Que o canto dos seus lábios se apoiava.
Caso não tenha te feito feliz, ao menos espero ter ajudado a equalizar tuas angústias.
E, se essas estradas trarão a curvatura que tua boca tanto merece,
Que assim seja.
Faça a curva, encontre teu caminho.
Só não se esqueça daquele inverno,
Nem das nossas gargalhadas.
Muito menos das promessas
De que uma vida começa agora.

# Apneia

É tudo muito estranho,
É tudo muito surreal.
Você é surreal.
Você é a coisa mais estranha,
Estranhamente deliciosa
Que já aconteceu na minha vida.

Eu sequer sei
Se o que estou sentindo é possível
Ou se é só minha mente
Tentando me enganar,
Me distrair.
Talvez até
Tentando me entreter.

# Sentir

Sentir
É tudo o que temos,
É tudo que resta.
Sentir.
Nascemos sentindo,
Não há esforço ou vontade.
A vontade já é ele por si só.
Esse que está conosco
Muito antes que possamos entendê-lo,
Se é que algum dia o faremos.
Mesmo antes de pensarmos,
Ele ali já esteve.
E lá sempre estará.
Sentir
É tudo que somos,
É tudo que há.

# Primor

Eu acredito em uma vez antes ter te visto.
Meu olhar se fixar em você foi imprescindível.
Sua imagem não sai da minha mente.
Dama perfeita, minha alteza.

Seu olhar vibrante,
De um marrom limpo e viciante.
Suas longas mechas negras,
Tão negras quanto as sombras que em meus sonhos residem.

Sua pele clara, que lembra mármore,
Tão macia quanto pude imaginar,
Tão suave quanto jamais poderei sonhar.
Suas covinhas, tão explícitas,
Mal sorri, e logo estão ali.

Finalmente, devo admitir...
Não posso deixar essa obsessão me consumir,
Muito menos simplesmente sumir.

# Encanto Impróprio

O que a levou a isso, ninguém jamais saberá.
Sereia sonhadora,
Iluminada, ingênua.
Ânsia de se tornar como aquelas que via,
Ânsia de crescer antes do tempo,
Foi seu eterno erro.

Sereia imatura,
Ela foi enfeitiçada pelo próprio canto
Enquanto ensaiava o glamour
de surgir junto às outras
Diante de seu reflexo.

Não fora sua culpa, sereia imatura.
Ninguém é o culpado no fim do caso.
Morte e amor, ada ou ardor.

Reflexo perfeito, projeção perturbada.

O começo e o fim, o fim do começo.
O começo do fim.

Tão distante de nossa visão,
Muitos mais próximos que toda nossa ilusão.
Ilusão que queima,
Traz lágrimas, traz angústia.

Ficamos cegos, apenas vemos o enquanto,
Assim como aqueles pobres marinheiros ao encontrarem as sereias.
O feitiço uma hora acaba,
Nos deixando apenas lástima, para questionar,
no segundo seguinte:
"O que foi aquilo?"

# Manchas de Nanquim

Não acreditava ser possível
Sentir algo tão forte, tão intenso
Que sentisse a necessidade de dizer
A cada minuto, a tudo e a todos,
Aquilo que sentia.
E, mesmo assim,
Ainda necessito de papel e caneta,
Tinta e pincel,
E sem sucesso algum.
Mesmo cantando, meus pulmões
Ainda sinto sufocar.
Essa sensação surreal
Que domina minha mente,
Mesmo quando dela
Nada se entende.

# Lobotomia

O prazer da dúvida.
Existem tantos nomes para o que acontece em nossa mente...
Antes não era necessário conhecer
O porquê de sermos como somos.
Apenas era algo,
E esse algo era só nosso.
Único, quem sabe?

Tudo tem nome, motivo e código.
Paixão confundida com obsessão,
Melancolia com depressão.
Onde estão seus remédios, minha cara?
Ou pretende continuar sentindo?

Com todos esses nomes,
Somos cobaias.
Estudados e analisados.
Características se tornam sintomas.

"Só mais um doente" – proclama,
Assistindo o garoto que entra no local
Com um pesado ar de angústia.

O garoto senta e espera sua vez.
"Como sinto não poder ter o benefício de não entender" – devaneia.
"Não sei se estou apenas confuso,
Ou se um novo remédio me aguarda."

# Impulsos Elétricos

Para o nosso cérebro,
A dor é uma percepção.
O que dói em mim, não dói em você;
Ou talvez até exista a mesma dor,
Mas é expressa de outra forma,
Em outro lugar.
Isso porque áreas diferentes do nosso cérebro são ativadas.

A percepção da agonia
Funciona da mesma forma.
Algo torturante para mim,
Pode te soar indiferente.
Portanto, peço que não enlouqueça
Com a minha perturbação,
Nem condene minha insanidade,
Que é de fato
Uma espécie de paranoia justificada
E um tanto quanto de delírios dosados, controlados.

Não parece normal, eu sei.
Fora dos padrões, não segue normas.
Mas talvez seja melhor assim.

Mesmo que seus neurônios demorem mais para processar,
Ou mesmo sua sinapse seja incapaz de interpretar,
Esses impulsos elétricos
Seguem outro caminho em minha mente.

Então não corra, nem receie.
Não se desespere, eu lhe imploro!
Poucos decifram,
E nenhum de fato aguenta.

Talvez por isso,
Seus pequenos sinais de solidão
Podem me soar agonizantes.

# Ilusão

Uma imagem clara, esfumaçada.
Nossa visão tomada,
Pupilas dilatadas.

Nada na mente,
Apenas um ser inconsciente
Que toma conta de todos os sentidos.

Pensar,
Sentir,
Sonhar.
Viver um sonho que não lhe pertence.

Toda a dor desse processo
Oh, o quanto nos fazem sofrer dentro disso.
Como tudo, a magia acaba,
O encanto é quebrado.

Afinal,
Seria a pior dor,
A dor do enquanto,
Ou a de descobrir que tudo aquilo
Que sentiu, que acreditou,
Era pura ilusão?

# Hierarquias

Por toda vida
Somos cercados de histórias,
Fantasias, estereótipos
E, posteriormente, talvez até fetiches.

O que não nos contam antes de dormir
É o quão torturante pode ser:
Viver uma dessas histórias.

Confusão é uma das sensações
mais cruéis que o homem é capaz de sentir.
Talvez até mais cruel que a própria dor.

Não saber o que se passa,
Não saber o que é real.
Sem saber o que pensar,
Sem entender o que esse sorriso sádico quer dizer.

É torturante, extremamente maléfico
Impiedoso, manipulador.

Estar brincando com fogo,
Ou apenas sendo enganada
Por um doce e raivoso cão-da-pradaria infectado,
Fantoche enjaulado.

O perigo é capaz de instigar,
Até mesmo fascinar.
Capaz até de fazer você gostar
do controle que lhe é exercido.

Algo pode ser perturbador o bastante a ponto de te viciar?
Fazendo com que corra de volta, todas as vezes.
As obsessões doentias,
Que há tanto abandonara.

Mas, lá está novamente,
Saboreando e gozando cada gota
Desta dúvida agonizante.

## Heterogenia

Podemos dizer, então,
Que tudo é pré-montado.

Projetado,
Fabricado,
Rotulado.

Talvez esses tempos
Sejam chamados posteriormente
De Era dos Rótulos.
Ou quem sabe até Era dos Nomes.

Não existe um único momento,
Único movimento.
Cada pequena diferença
Recebe um novo nome,
Novo rótulo.

Seria esse, portanto,
Um estado de individualização,
Individualização excessiva,
Um estado de heterogenia generalizada?

# Gritos

Ingenuidade e pureza...
É a sina concedida a uma criança.
Poderia ela imaginar que um dia,
Essa dádiva "divina",
Seria sua ruína?

Aquele parque em que ela brincou com seus amigos,
Gostaria ela de lembrar-se daquele local sorrindo,
Sonharia ela um dia, toda ferida,
Que seria aquele seu campo de batalha,
E aqueles que um dia confiou, agora o exército inimigo?

Confiança, *afinidade*,
Medo, *lástima*.

Vive toda uma inocência com os olhos vendados
Para, logo em seguida,
Obrigar os olhos a aceitar o mais tenebroso cenário
E fazê-lo sorrindo.

Grito, é só o que irá restar.
Da inocência que o mundo lhe dá,
O impulso de viver aquilo que não lhe está ao alcance.

Agora, ele grita, pedindo ajuda.
Alguns param para olhar, até estendem a mão.
Mas terá ele coragem de segurar alguma novamente?
Terá?
A mão que ali está, suportará?

# Gelo Fino

É irônico, chega até a ser cômico,
Tristes poetas dizerem o quanto sofrem
Enquanto caem.
Eles caem.
Em um poço sem fundo?
Um abismo sem fim, talvez,
Depois de tropeçar numa mísera pedra?

É irônico, chega até a ser cômico,
Um vácuo, que não se conhece
Ser igualado ao que acontece.

Eles nunca – esses tristes poetas –
Se viram diante de uma fogueira?
Nunca se viram queimando ao sol?

O quão fácil é tropeçar,
Sofrer, até a algum fim chegar,
Sofrer até queimar.

É irônico, chega até a ser cômico,
Por um longo caminho percorrer,
sem saber para onde ir
Chega num ponto, pedindo por fôlego,
ouvir um estalo sob seus pés.
E, então, ver que está sobre gelo fino
Daquele lago congelado.

Então, o gelo quebra,
E lá está o poeta. Caindo novamente.
Mas agora ele não simplesmente cai
com sua mente e tormentos,
Ele agora não respira, perdendo os movimentos.

O gelo escondia aquele lago, aquele lago frio,
Aquele lugar gélido no qual estão suas angústias.
Agora todas congeladas, paralisadas.
Em suas angústias, afogando-se.
Em toda sua melancolia,
Buscando alguma empatia,
Essa que, um dia, talvez sentisse.

Inconsciente, ele então se encontra.
Sua face, suas mãos, frios.
Sua alma aquecida por tudo que amara um dia
E que, naquele lago gélido, escondia.

## Escapismo

O simples fato de pensar em ti
Já faz minha pulsação saltar,
Delirar,
Enlouquecer.
Saltar em meu peito,
Me trazendo vida
Em meio ao caos generalizado.

Um olhar de gentileza,
talvez até uma forma de pureza,
Alegra meu dia, me faz querer continuar aqui
Sem mergulhar novamente
Num mundo real e escapista.
Escapismo esse que vivo todos os dias,
A todo momento.
Exceto aqueles em que me deparo
Com um olhar encantado,
Que me leva para outro plano,
Onde há tranquilidade em meio à guerra.
Esperança singela,
Que floresce os sentidos.

# Drama

O quanto eu não convivo com isso.
O quanto eu penso que agora acabou.
O quanto eu preciso que alguém mude isso.
O quanto eu quero que mais alguém veja o que eu vejo.

Já nem sei mais o que é o que.
Não sei mais onde é o limite do cotidiano,
E onde um verdadeiro problema transparece.
Afinal, todo o drama apenas infla, a cada dia.

Não é hora de parar de gritar?
De fazer todo o choro cessar,
E deixar verdadeiras lágrimas escaparem?
Afinal, não há mais tempo para sonhar.

Não gosto de ver chorar por leite derramado,
Nem mesmo se este fez grande estrago.
De padrões, eu cansei.
E de exageros, ainda mais.

## Desvairismo

Minhas esperanças
São muito altas.
Minhas emoções,
Estupidamente vívidas.
Temo que, de alguma forma,
Tudo acabe em prantos.

Aquilo que ascende muito rápido
Desaparece no mesmo ritmo,
Mesma intensidade.

Que esse breve assombro,
Seja fruto de minha fértil imaginação
E minhas vontades logo se materializem.

Ah, mente paranoica!
Buscando um fim trágico
Para algo que sequer existe.

# Delírio

Sempre será assim.
Aqueles que admiro,
Trato com certa elevação,
Uma relação de pupilo e mentor, talvez.

Aqueles que desejo,
Trato como animais.
Suprindo uma necessidade
Asquerosa, delirantemente necessária,
Primária.

E talvez eu nunca encontre
Um equilíbrio em tudo isso.
E, se o encontrar,
Trato com dúvida.
Seria essa a origem
De todo o caos e delírios
Que há tanto me assombram?

## *Biohazard*

Invadiu meu sistema,
Secou minha boca,
Acelerou meus batimentos,
Mexeu com meus sentidos,
Danificou minha visão.
Se infiltrou em meu sangue,
Fixou suas raízes em minhas artérias.
Meu corpo não funciona mais da mesma forma.

Inalei um gosto mortal,
Que não deixa meus movimentos
existirem como antes.
Não é catalogado, mesmo sendo destruidor.
Talvez seja uma doença,
Talvez seja imaginação.
Um simples vírus, quem sabe.
Ataque biológico? Talvez.
Mas não há como negar,
Que essa ameaça vive em mim,
Crescendo a cada dia,
Destruindo cada célula,
E junto delas, todo o meu ser.

## Temporalismo

Os anos 20, todas as passagens de guerras e revoluções. Foram, de fato, tempos sombrios. Sofridos. Pavorosos. Mas tempos que me atraem. Mesmo toda a cultura repressiva dos séculos XVIII e XIX me atraem. Os motivos de tristeza e loucura, eles eram visíveis. Justificáveis. Validados. Lógicos. A loucura agora é vazia. Egoísta. Insaturada. Evasiva. Logo, é ignorada. Portanto, loucura essa que devo adorar.

## Avanço Duvidoso

Por mais que eu sinta certo asco,
Talvez até certo pânico
De todo esse suposto avanço
Que todos almejam, alguns até veneram,
Cá estou, neste momento,
Registrando meus pensamentos
Numa tela minúscula
Que capta o que preciso pelo calor dos meus dedos.

Por mais que diga
Que gostaria de viver sem essas parafernálias insuportáveis,
Talvez eu não o soubesse.
Por hábito, por conveniência,
Ou até mesmo por comodidade,
Ter o mais fácil sempre à mão.

Sigo então o caminho oposto.
Dizem que o meio digital é mais seguro.
Se estiver salvo, não pode ser destruído.
Discordo, discordo plenamente!
São perdas ainda mais sofridas
Do que a queima de um papel.
Ao menos o papel é real.
Apagar um documento digitado,
Aquela folha sequer existiu,
Como pode ser destruído?

Por mais que entenda e admire
Todos esses avanços tecnológicos,
Me pergunto aonde levaram nossa humanidade,
Mais ainda nosso senso de realidade,
Aparentemente perdido
Com o excessivo (e mal?) uso de nossos próprios progressos.

# Ar Pesado

Por mais que o tempo
Traga esperança, oportunidade,
Ele pode também fazer tudo isso se dissipar.
Simplesmente sumir
Com algo que soava tão... Tão nítido.

Mas o acaso, o acaso!
Grande pregador de peças,
Um verdadeiro Loki!
Ele pode surpreender,
Trazendo de volta
O que o tempo
Tentou fazer esquecer.

Estes dias, tão aguardados
Que agora chegam até mim,
Trarão, enfim, um bom presságio?

Mesmo que neste ar sufocante
Seja impossível respirar,
Inalo, lentamente,
O que as variáveis podem trazer.

# Inadmirável

Intransigência do tempo,
Intransigência dos ventos.
Instância da circunstância,
Instância do tempo.

Intocável, indecifrável,
Intolerância indiscreta
Ao que não se domina,
Ao incontrolável.

Instâncias derradeiras,
Como derradeiro que tudo é
Secundariamente circunstancial.

Intransigência do tempo,
Intransigência dos ventos.
Instância da circunstância,
Instância do tempo.

Incapaz de lidar,
Ingerir, digerir e incorporar,
Que não se ingere, digere
Ou incorpora o que é
Intransigente e incontrolável,
Consequentemente intocável,
Como se vento engarrafado
Fosse ali simplesmente admirado,
E não se esquecer, invisível,
Indomável,
Controle derradeiro,
Descontrolado.

# Gelo

Gelo
Temperatura negativa.
Comparado à escuridão.
Comparado a tudo aquilo que não respira,
Que não vive,
Que possivelmente não sente.

Gelo
Sinônimo de ódio.
Sinônimo de tristeza.
Desespero.
Gelo
O quanto disso não vivi,
E sou capaz de dizer quais as comparações
Que de fato têm algum significado
E aquele que não passa de palavras.

Posso dizer que todos os citados
Estão inteiramente certos
E que são totalmente equivocados.
Quando se trata do gelo,
Cada um sabe se já o viveu o bastante,
E cabe a ele decidir se suas estrofes irão rimar
Ou se apenas o que pensa irá registrar.
Muitos dos que não o viveram
Dizem que o fim pelo gelo
Seria doloroso, horrendo.
Aqueles que bastante o viveram, sabem
Que o gelo também sabe queimar.

## *Petit Élégance*

O relógio já marca quase oito da manhã,
As cortinas balançam com a brisa
E deixam a luz entrar, azulada,
Acinzentada,
Combinando com o clima sereno
de teu rosto a dormir.

Sento-me ao lado da janela
E observo-te esticar o braço sobre a cama,
Repousando as mãos onde meu corpo estava
Há poucos instantes, ao lado do teu.

Observo seus dedos delicados,
Relaxados. As costas da mão no colchão,
Deixando-os brincar pelo ar movimentos leves
Que acompanham o ritmo dos teus sonhos.

Apanho papel e carvão
E registro essa delicadeza.
Cada detalhe dos toques que são capazes de provocar
Ficam nítidos em cada sombra, cada linha.
Invadem minha mente, excitam minha memória,
Novamente fazendo-me delirar.

Vejo-te abrir os olhos, claros,
Puros, experientes; ofensivos de tanta elegância.
Abaixa o rosto, escondendo os lábios no lençol;
Palavras são dispensáveis.
Só teu olhar é capaz de me desestruturar.

Ouço o disco riscar
Daquele instrumento intenso que me faz delirar.
Abro os olhos; o vinho acabou,
O disco parou
E meu colchão, arrumado,
Vazio,
Como sempre esteve.

# O Conforto da Melancolia

Muitos, ao se depararem com uma pessoa jovem, acreditam que, por seu curto período de tempo nessa vida, ela não é capaz de entender muitas coisas. De fato não é. Há coisas que não sabe e talvez jamais saiba tudo que deveria. Ninguém é completo o bastante que não tenha nada a aprender.

Algumas dessas pessoas viram mais do que deveria ser permitido. Aliás, alguns vivem certos aspectos que nenhum ser humano, nenhuma criatura, por mais asquerosa que seja, deveria passar.

As dores por que passei, que vivi, engoli e me afoguei, todas elas formam minha bagagem. Por ter essa bagagem tão sombria é que sou capaz de dizer que todo esse turbilhão de dúvidas não me traz dor. Não. Dor é algo muito mais perturbador e bem menos melancólico. A dor cria uma espécie de arte abstrata, bela e sombria, composta por tons de cinza e vermelho.

O que estou sentindo é tristeza. Tristeza só ela, pura e sozinha. Sim, de fato, consigo traz a agonia. Mas diferente da dor, que traz vários tons de sensações muitas vezes incompreensíveis, a tristeza é um personagem calmo, passivo.

Se fossemos interpretá-la como um cenário, seria mais como uma estufa de flores onde o vidro por toda sua extensão permite a luz do sol entrar, amenizando o frio agonizante da neve do lado de fora. Mas, ainda assim, é possível sentir o frio, sentada na fonte de granito acinzentado, no centro da estufa, com suas águas calmas e relaxantes.

Existem os espinhos, sim, mas a beleza das flores está ali. É gelado, mas ainda existe um conforto no isolamento.

A tristeza tem em si esse ar nostálgico, tão familiar. E a melancolia, que nos abraça com o aconchego de uma velha amiga.

Essa bagagem faz parte de cada existência que a carrega.

A bagagem traz experiências e algumas vezes antídoto para certos eventos que se repetem ao longo da vida. Mas pode ser também um peso incômodo.

Essa tristeza me agoniza e dilacera. Mas as dores que uma vez senti não deixam as lágrimas dessa tristeza correrem livremente, mesmo que eu sinta como se nadasse na cachoeira que essas lágrimas são capazes de criar.

Se essa tristeza tira minha coragem de viver meus delírios, queria ao menos ser capaz de vivê-la intensamente. Mas, ao que parece, as águas da fonte congelaram.

## Paralisia

Existem etapas para tudo aquilo
que fazemos na vida.
Nossa vida, por si só, já é cercada de etapas.
Há momentos dentro da tristeza
Em que vivemos lado a lado com o desespero.
Logo em seguida, a impulsividade se torna
nossa única conselheira.
E a adrenalina toma conta do nosso sangue.
Mas existe também o estágio da paralisia.
Nosso corpo deixa de nos obedecer,
Tornando-se um esforço tremendo fazê-lo se mover.
É mais difícil ainda enfrentar a paralisia
Quando em momento algum
Sua mente deixou de se mover,
Em extrema atividade,
Enlouquecendo.

# Desafinado

Em algum momento se vê
Um mundo inteiro desabar
Com um simples par de notas
De um piano?

Notas que fizeram todos os seus pensamentos colidir.
Elas pesam e, de repente,
Respirar não é tão simples.

Preciso dessas notas.
Elas equilibram minha alma,
Fazem ouvir o que já não era mais visto.

Não neste tom.
Não neste timbre.
Desta forma,
Vou ensurdecer.

# Escapar do Escape

Uma vez escapista,
Assim sempre será.
Não importa o quão intenso seja,
Aquilo que lhe permitiu provar o gosto da realidade.

Se esta realidade
Nunca ali esteve,
Ou talvez até momentaneamente,
Esta dificilmente surgirá.

Um lugar, tal como o lar,
Que jamais foi sua brigada,
Conforto ali nunca terá.

Entrar num "mundo real"
Poder ser um ato perigoso para o escapista.
Ao perceber o peso que lhe traz
O prego penetrando seu peito.
O martelo para tirá-lo,
É o mesmo que o afunda.

# Distúrbios Modernos

Se meu corpo fosse
Um subordinado da minha mente,
Sendo que minha consciência nele não reside,
Minha mente seria o mais cruel tirano.

O corpo humano é uma máquina perfeita
em cada detalhe.
Mas, céus, como essa consciência é cruel!
É impregnado nela, desde o princípio
Que algo nunca estará certo,
nunca estará no lugar.

Se visse outro ser
Fazendo ao meu corpo, o que minha mente faz,
Choraria,
Teria pena; dó.
Todas essas marcas,
As mudanças
E cicatrizes, todas tão dolorosas...
Eu teria pena
se visse esse corpo por outros olhos.

# Ensaio dos Arabescos

Mesmo que nunca tenha ouvido este nome, todos já tiveram (ou têm) arabescos em algum objeto; ou até mesmo vive momentos que se assemelham a um.

A definição básica de arabesco é "um conjunto de desenhos que se interligam formando um padrão". Mas toda definição é fria, mesmo quando tenta-se definir o mais belos dos momentos. Continua sendo uma definição.

Assim como o arabesco é um desenho, contém em si algo bem mais infinito que suas formas. Para algumas religiões árabes é através dele que é representada a onipotência das divindades. Mas de divindades pouco me importa. O que me importa então? Me importa como o traço se laça a outro.

Um laço, dois laços, três laços. Logo temos uma corrente. Duas correntes. Três.

Um pensamento transmitido a outro. E a mais um. Modificou-se! E o transmitiu.

Tudo no ser humano é movido por desejo. Às vezes até o desejo de desejar. Desejo seja lá do que for.

Uma linha fina, tênue, liga-te ao outro, que te liga a mim, que liga àquele. Que nos dá um nó, que nos faz trombar, que torna tudo um emaranhado indecifrável.

A palavra "independência" é a maior hipocrisia da língua. Nada é independe de absolutamente nada. E o próprio nada depende de que, anteriormente, fosse algo; ou que fosse a ideia de algo.

Que por si só já é alguma coisa.

Luta incessante humana para criar laços que já existem, e fortalecer o que é imutável. Tudo é tênue quando se trata de mentes!

Nada é fixo ou rígido.
O que amas e o que despreza vivem lado a lado,
Se detestando,
Se envolvendo,
E, enfim, enlouquecendo de tamanho fervor!
Do que tanto odiou,
Que não reconhece ser uma simples alteração
Do que nunca mudou.
São distorcidos, estes laços.
As correntes, então, indecifráveis.
Acredita que os enxerga,
Quando tua única visão
Não passa de uma visão colorida
De emaranhados indecifráveis
Que regem tudo e qualquer plano
Metafísico, real,
Surreal, imaginário.
Afinal de contas,
São todos o mesmo desenho.

# Lúdicos e Lunáticos

Devorar o que não te alimenta,
Suprir uma necessidade que não se tem,
Estar esfomeado do que não pode alcançar,
Precisar do que é seu e não te pertence,
Afogar-se no que te liberta,
Refinar o que te enlouquece,
Ou simplesmente sufocar
Num turbilhão de cores desaturadas
Que não fazem nenhum sentido,
Pois assim deveria ser,
E sentido qualquer sentido é incapaz de nascer.
Afoga-te, afinal,
No que lhe é tangível
E deixa o lúdico
Para os lunáticos
Que sabem vivê-lo,
Por ser sua realidade.
Deixe a realidade dos lúdicos e dos lunáticos lá,
E se entrega a tua monotonia do acaso
E da certeza de que nada é o que não deveria ser.
Laços enforcam aquele que se enrosca,
Não porque assim deve ser,
E sim porque assim foi
E foi simplesmente.

# Geradores e Engrenagens

Funcionava como uma espécie de energia vital. Desde o momento em que surgiu, ali se estabeleceu, criou raízes e fez da estrutura principal sua brigada. Nenhum mecanismo é perfeito. Eventualmente uma peça para de funcionar, as embreagens precisam ser polidas... Tudo isso deve acontecer com certa regularidade. Mas como raça dispersa de dedicação, não são feitas todas as "checagens" necessárias para ter certeza de que todo o funcionamento do sistema trabalha de acordo com sua função. Continuamos a usá-lo e fazê-lo trabalhar sem se preocupar se será necessário mais um pouco de óleo em alguma embreagem ou algum parafuso que precise ser apertado. Até que algo começa a dar errado e, então, percebemos que as correias daquele gerador emperraram. Há algum tempo nenhuma energia é de fato produzida, mas haviam reservas que faziam com que o sistema de alguma forma continuasse em atividade. De forma tortuosa e imprecisa, mas ainda assim era capaz de exercer sua função. Mas a reserva há de acabar, e então aquela fonte precisa ser retirada. Não era nenhuma espécie de gerador central, não era o único e muito menos o mais importante; mas desde que se estabeleceu marcou sua presença. O sistema continua a funcionar da mesma maneira que sempre funcionou antes daquele gerador existir. De qualquer forma, a ausência é perceptível por todos os cantos deste sistema interligado. É preciso encontrar uma forma de suprir essa ausência; ausência de uma energia que, talvez, jamais possa ser recuperada.

# Empecilho

O maior problema desta gente que se mete com artes – mas quem se mete mesmo nisso, que torna toda a vida num esquema lúdico – é que, vivendo nisso, aprende-se a ver beleza em tudo. Sim, em absolutamente tudo! Até no lado mais desprezível do ser; ou até mesmo enxergar encanto nos seres mais desprezíveis. Talvez por isso existam tantos poetas tristes, pintores bêbados de tanta mágoa e quem sabe músicos loucos de ternura. O cotidiano, extraordinário; o extraordinário, eufórico. Oito ou oitenta, não há meio termo! Extremos explícitos. A dádiva – ou ruína – de se apaixonar por detalhes; juntando-os, ficando estático com o produto que todos esses pequenos fatores podem criar. E disso, criações exacerbadas, que apenas alguns loucos e admiradores da loucura conseguem entender e, quem sabe, até se identificar. Mas não passamos de lunáticos apaixonados pela existência.

## Ocasional

Do acaso,
Sem descaso,
Foi assim então.
Que com um simples
Quarteto de cordas
Minha sanidade
Foi tomada,
Levada com o doce som
De cada uma de suas notas.

# Curvilíneo

Contorno,
linha
do entorno,
que guia o caminho,
que faz teu caminho
e sustenta teus paços.
Curva
que cruza
outras linhas,
dobras e covinhas
delineadas, naturais
imperfeitas, notáveis.

## Asco e Moral

Condena-os, condena-os todos!
Julga-os como se fosse a encarnação da peste.
Aponta dedos e esbraveja palavras,
palavras carregadas de verdades absolutas
absolutamente errôneas,
absurdamente equivocadas.
E que diriam tuas certezas,
se trombassem com seus desejos,
e descobrissem seus anseios?
A peste seria ti,
em toda sua forma,
suas absolutas verdades
te tornam o hipócrita
que rege esses laços frios,
artificiais,
criados por seres
que nunca souberam o que é viver.

## Presença

O palco, a luz.
Fundo preto, holofotes indicam.
Braço direito ao ar,
braço esquerdo aos ventos.
Queixo para cima, delira!
Junta as mãos ao peito,
encolhe os joelhos, fecha os olhos.
Cabeça para o lado,
perna esticada, e a outra curvada
estica um braço, leveza nas mãos,
delicadeza na ponta dos dedos,
e o outro braço segue o mesmo caminho.
Solta-se ao fim
com o queixo para cima,
os braços esticados,
pernas esticadas,
o peito descoberto
exposto.
Solta-se ao fim,
ao fundo e ao além.
Vira-se de lado, encolhe todo o ser
joelhos dobrados,
braços juntos que formam um escudo
que protegem o tórax,
o peito e tenta cobrir
tudo que ali existe.
Se fecha, como proteção
de toda a certeza que corrói
da crueldade da perfeição.

# Quadro de uma Família do Sonho Americano

Todos acordam às 7 da manhã.
Esposa, marido,
uma garota e um menino.

De terno e gravata, dá um beijo na família
ao se despedir e segue para o carro,
para no trânsito ligar
para a garota de idade próxima à de sua filha,
que ama toda vez
que fica até tarde para trabalhar.
Finge que esqueceu o campeonato daquele moleque
e vai com ela aproveitar a noite.

O menino pega a mala e a merenda,
se encontra com outros meninos,
aos quais todos odeia.
E aquele treino inútil, aquela bola estúpida,
detesta tanto aquele esporte!
Vai ao vestiário, e no banho chora,
e debaixo da água sonha com os palcos,
maquiagens, piruetas e performances.

A garota já está com o violino nas costas,
mais um dia de prática irá se seguir
com tanta paixão e fervor...
O violino está no chão.
As notas que lhe importam
e as linhas que acompanha,
é sua mão a brincar pela perna da professora,
entrelaçada às dela.

Assiste à família sair de casa,
limpa a bagunça do café da manhã,
liga a televisão e reconhece aquele rosto,
aquela sua amiga de infância,
que seguiu o sonho de ambas,
agora dava entrevistas sobre o quão sucedida era.
A mãe amada então condenava suas crias
por estragarem seus sonhos
e condena-os berrando palavras ao vento,
mais bravos ainda
quando percebe que o uísque
em sua mão acabou.

Limpa a bagunça, engole a dor de cabeça,
serve a janta às crianças.
“Seu pai disse que vai se atrasar”, informa.
“Agora comam e vão para a cama,
que amanhã terão mais um dia cheio.”

# Dependência

Vive-se uma hipocrisia.
É mostrar-se inteiramente pedante
O que diz que vive de forma natural.
Naturalmente acordado por um ruído insuportável,
Indicando um tempo que não nasceu com a vida,
Para se exercitar num chão que já não é terra,
Que já não se usa mais os pés,
Alimentar-se de frutos
Que daquela forma não nasceram
Tão coloridos e chamativos...
Seguir uma rotina que por natureza
Nenhum de nós precisa.
Banhar-se em águas que de nascentes há muito que
Não são,
E dormir num canto
Que sabe-se lá o que deveria ser.
Mas, claro, que humano não seria
Se não precisasse *provar* tudo o que faz
E submeter-se a procedimentos
Dolorosos, doentios
E pavorosos, até
Para ter certeza
De sua própria falsidade.

## Cegueira

Caminha pela praia,
bem longe.
Consegue ver apenas
o tecido delicado
ao vento dançar,
curvas demarcadas,
longos fios cor de cobre,
trepidando com a brisa
que vinha do mar.
Aos poucos se aproxima,
Os detalhes do vestido agora são visíveis.
Um padrão de losangos
muito bem definidos,
cores chamativas
em perfeita harmonia.
Ao se aproximar,
feições distorcidas.
Aura pesada.
Olhar corrosivo.
Maldita miopia.

## *Ist tot*

Não existe prodígio sem um quê de bestialidade. Nada próximo do aclamado é livre do que julgam demoníaco – seja lá o que demoníaco possa ser. Se tal existisse, seria o melhor exemplo possível do mais puro desequilíbrio. Manter morais e hábitos fora do lugar é um equilíbrio perturbadoramente "perfeito". Portanto, que o demoníaco seja amado – seja lá o que possa ser! E quem sabe anjos condenados – seja lá o que se pode condenar – como a mais asquerosa pureza.